ORDONNANCES

GENERALLES

D'AMOVR

ENVOYEES

Au seigneur baron de Myrlingues, chancelier des Isles Hyeres, pour faire estroictement garder par les vassaux du dict seigneur, en la iurisdiction de la Pierre au Laict, et autres lieux de l'obeissance du dict seigneur.

EN ANVERS,

PAR PIERRE VRBERT.

1574

ORDONNANCES

GENERALLES

D'AMOVR.

GENIVS, par la grace de Dieu, archiprestre d'amour, vicaire et lieutenant general, pour Sa Maiesté, en tous ses bas païs et contrées, à tous presens et aduenir, salut.

Comme de toute memoire mesmes, des le commencement de ce monde, nous ayons pris soubz nostre charge toutes les affaires de nostre grand et souuerain prince d'amour, au maniement desquelles nous nous y sommes comportez, comme tout bon et loyal vassal est tenu de faire enuers son seigneur et patron : toutes fois n'y auons sceu tenir telle main que, par longue traicte de temps, les opinions de noz subiectz ne se soient trouuées fluctuantes, pour l'incertitude qu'ils disoyent auoir par faute de bonnes ordonnances, disant pour excuse generalle qu'à la verité ils estoyent fondez en quelques longues coustumes, qu'ils tenoyent de pere en filz, non toutes fois reduictes et redigées par escript. Au moyen de quoy ils estoient infiniment trauaillez, parce que, lorsqu'il se presentoit quelque different sur l'vsage des dictes coustumes, ils n'en pouuoyent faire la verification par tourbes, d'autant que, selon leurs anciens statuts, ils ne pouuoyent à la confection de leurs preuues y employer plus de deux temoings. Nous requerant pour ceste cause que leur voulussions bailler, par escript, loix et constitutions certaines, afin de tranquilliter entre eux toutes choses, et qu'aucun ne se peut d'icy en auant masquer d'aucun pretexte d'ignorance.

Par quoy nous enclinans, à leurs supplications et prieres, mesmement pour satisfaire en tant qu'à nous est, à l'office et debuoir auquel nous sommes appelez, apres auoir le tout deliberé meurement auec les gens de nostre conseil estroit, statuons par leur aduis, de nostre certaine science, pleine puissance et auctorité qui nous est octroyée par amour, statué et ordonné, statuons et ordonnons pour loy et edict, à iamais irreuocable, ce qui s'ensuit.

ARTICLE I.

Premierement, pour autant que nostre intention generale est de bannir et exterminer le vice, le plus qu'il nous sera possible, d'entre noz subiects, lequel la plus part du temps prend ses racines de la loy mesme, parce que nous ne recognoissons poinct le peché, sinon qu'il est prohibé par la loy. Pour ceste cause, declarons que la, ou es autres lieux, tous legislateurs se debordent en vne infinité de prohibitions et deffenses, au contraire nous entendons estre fort sobres en icelles, et estandre noz ordonnances à toutes permissions honestes et naturelles, aymans mieux par telles permissions recepuoir obeissance de noz subiects que par multiplicité de loix prohibitoires, les accoustumer à se rendre refractaire et desobeissant à nous par vn instinct particulier de leurs natures.

II.

Et parce que nous desirons establir de fondz en comble nostre republique, de telle façon qu'il n'y ait iamais à redire, et que ce ne soit qu'vn corps composé de plusieurs membres, pour laquelle cause nostre opinion est d'insinuer entre nous, sur toutes choses, la charité et amour reciproque, voulons et nous plaist que ceste nostre republicque sera desormais appellée le conuent de la charité, dont les suppotz seront dicts et nommez confreres, ausquelz tous nous enioignons sur toutes choses de vacquer au contentement des vns et des autres.

III.

Ce neantmoins, sur les difficultez qui se sont presentées en ce premier establissement de police, les aucuns des confreres disans que, pour le contentement d'vn chacun, il falloit que toutes choses fussent communes, et les autres, au contraire, approuuans seulement le mien et le tien : nous, pour satisfaire aux vns et aux autres, et suiure vne moyenne voye, n'ostons en tout et par tout la communauté, aussi ne la permettons de tout poinct, mais y establissons entre deux la compassion, qui sera vne reigle à chacun pour scauoir ce qui lui doit estre propre ou commun.

IIII.

Pour extirper les abuz qui ont par cy deuant

eu vogue, par faute d'auoir pressé par les curez residens actuels sur les lieux de leurs benefices curez, il n'y aura autres beneficiers que commandataires et prieurs, dont ceux la seront mariés et ceux cy non. Ausquels nous enioignons de resider actuellement sur les benefices dont ilz seront ioyssants; autrement se pourront pourvoir les plus diligents contre eux par deuolutz, sur lesquelz benefices ceux la, qui seront en quelque faculté graduez, seront tenus d'insinuer leurs nomminations en personne et non par procureurs.

V.

Et toutes fois encore que telz beneficiez facent residence sur leurs benefices, si est ce que la, et au cas que, par maladie, ancien aage ou autrement, ilz ne pourront bien et duement vacquer au faict de leurs charges, ils seront tenus prendre coadiuteurs, vicaires et vice gerantz, personnages de qualitez requises, pour supplier le deffaut de leurs impuissances.

VI.

Comme ainsi soit, que le principal but de tout bon legislateur doibue estre l'vnion et concorde de ses subiectz en vne mesme religion, en laquelle nous voyons pour le iourd'huy les meilleurs escripts bigarrez et partialisez, n'entendons en rien remuer les anciens statuz qui nous ont esté prescripts et proposez par nos peres; ains, en suyuant leurs bonnes et louables traces, approuuons les veuz, professions, offrandes, merites et confessions auriculaires. Et encores que nous retenions les prieres qui se font pour les morts et la veneration des images, si auons nous en specialle recommandation les prieres qui se font pour les vifz, et celles qui s'addressent aux images vifues.

VII.

Et au surplus d'autant que nous auons, depuis quelques reuolutions d'années, cognu par experience que plusieurs, abusants du mot de fidelité, l'auoyent de religion tourné en parcialité : nous, pour obuier à toutes seditions intestines qui nous pourroyent estre par telles sortes de mots procurées, exterminons et reiettons de nostre conuent tous fidelles.

VIII.

Congnoissant que l'vne des premieres et principalles corruptions de toutes republiques est l'oysiveté, comme celle par laquelle non seulement tout peché prend sa source, mais aussi sa nourriture et accroissement, desirant songneusement que ce vice ne prouigne aucunement entre nous : nous prohibons et defendons toute oysiveté en nostre conuent, en quoy entendons que chacun soit si estroit et religieux obseruateur de ceste loy, que ne voulons qu'il soit proferé aucune parolle oyseuse et sans effect.

IX.

Ce neantmoings, parce que nous ne saurions du tout estrangers, les pauures de nous suyuant ce qui est escript : *Pauperis semper vobiscum habetis;* nous, pour ceste occasion, ne voulant en rien dementir l'escripture, ne reiectons d'entre nous les pauures et mendians, ores qu'ils fussent valides lorsqu'il ne tient poinct à eux qu'ils ne soient mis en besongne : et singulierement recommandons à toutes dames et damoiselles auoir pitié des pauures honteux qui ne demandent l'aumosne publiquement aux portes, sur quoy nous chargeons leurs consciences. Aussi enioignons auxdicts pauures que s'ils trouuent à estre mis en œuvre, ils s'y employent fort et ferme, surtout ordonnons que toutes aumosnes se feront par deuotion et non par police.

X.

Pour l'abreuiation des proces, nous ostons tous contredicts et reproches entre le mary et la femme.

XI.

Et pour autant que la malice des plaideurs a introduict plusieurs cauillations en praticque, faisant la pluspart d'entre eux, pour la multiplicité des appoinctements qui s'y trouuent vne banque de tromperie : à quoy nous desirans coupper toute broche, voulons et nous plaist que doresnauant n'y ait plus qu'vn appoinctement, qui sera que les partyes se pourront appoincter en droict en ioinct, et produire d'vne part et d'autre tout ce que bon leur semblera.

XII.

S'entrecommuniqueront lesdictes partyes leurs pieces respectiuement, puis se vuydera le proces à huys clos, par compromis et amiable composition : et à ce faire seront specialement appellés les vidames, auxquels nous commandons et tres rigoureusement enioignons n'aller mollement, ains roidement et rondement en besongne, sur peine de suspension de leurs estats pour la premiere foys, et de priuation pour la seconde.

XIII.

Nous n'ostens cependant les consignations, maïs au lieu qu'elles se payent es autres endroicts dès l'entrée du proces, seront les partyes tenues de consigner en communiquant leurs pieces.

XIIII.

Pour la visitation des proces ne seront les espices ostées, mais bien seront reduictes à l'instar qu'elles estoyent au temps passé, en dragées et confitures. A la charge comme dict est, que ceux qui visiteront les pieces seront tenus de bien et diligemment les feuilleter et approfonder, ensorte que tout se face à la conseruation du droict des partyes.

XV.

En toutes lesdittes matieres, il y aura lieu de preuention.

XVI.

Sur les vacations requises par les gens mariez, auons renuoyé leur requeste pour en deliberer plus amplement à nostre conseil. Toutesfois par prouision et iusques à ce que autrement en ait esté par nous ordonné : sera l'arrest des arreraiges requis par les femmes à l'encontre de leurs maris, en tout et partout executé selon sa forme et teneur.

XVII.

Defendons de faire le proces extraordinaire à

quelque personne que ce soit, si ce n'est chez les accouchées, ou autres bureaux solennelz à ce expressement dediez : auxquels lieux seront traitez et decidez tous affaires d'estat, et signamment ceux qui concernent les mariages inégaux, soit pour le regard de l'aage, des mœurs ou des biens : et pareillement les bons et mauuais traictemens des maris à l'endroict de leurs femmes, et au reciproque des femmes enuers leurs maris. Les entreprinses qui se font par vnes et austres dames au pardessus de leurs puissances et dignitez, et à peu dire toutes telles matieres qui regarde tant la police que le criminel. En quoy nous enioignons et tres expressement commandons à toutes dames, damoiselles et bourgeoises, de quelque estat et condition qu'elles soyent, vuyder sommairement et de plein telles matieres sans aucun respect ou acception des personnes.

XVIII.

Deffendons les iniures verbales, permettons

toutesfois aux marys, pour la primauté et puissance qu'ils ont dessus leurs femmes, de se pouuoir rire et gausser d'elles en toutes compagnies, à la charge que leurs femmes s'en pourront reuencher en derriere.

XIX.

D'autant que la multitude et pluralité d'officiers n'apporte autre chose qu'vne confusion en toutes republiques, et ny plus ny moins que la tourbe des medecins est la ruyne de nos corps : à ceste cause auons par esdict perpetuel et irreuocable cassé, supprimé et annullé, cassons, supprimons et annullons tous estats de iudicature, hormis nostre Parlement et la basse marche des maistres des requestes ordinaires de nostre hostel ; et au lieu des comptes, preuots, baillifs et seneschaux, auons retenu les vicomtes viguiers, vidames. Erigeons en offices nouuaux les vibaillifs viseneschaulx.

XX.

Aussi recongnoissans que la pluspart des proces s'immortalize de iour en autre par le moyen de nos chancelleries qui furent autrement introduictes pour ayder aux affligez, et non pour couurir et perpetuer la malice des chicaneurs : Auons en cas semblable supprimé et anullé toutes nosdictes chancelleries, et se pouruoiront les parties par deuant les iuges ordinaires des lieux. Interdisons toutesfois toutes manieres de reliefs aux hommes de quelque aage qu'ils puissent estre, sinon qu'ils veuillent estre declarez niays. Et quand aux femmes, leur permettons d'estre releuées apres bonne et meure congnoissance de cause : c'est assauoir apres que leur cas aura esté expedié et depesché par nos vidames, vicomtes, viguiers, vibaillifs et viseneschaux, lesquels pour le soulagement du public, nous voulons en cest endroit faire estat de maistres des requestres et de secretaires.

XXI.

En continuant les anciens priuileges qui ont esté de tout temps et ancienneté octroyez aux clercs tonsurez et non mariez, les declarons francs et exemps de toutes aides subsides, et n'y aura que les gens mariez qui seront desormais suiects tout ainsi comme auparauant.

XXII.

Entre gentils hommes et damoyselles permettons la venerie, fors que nous leur deffendons, et sur toutes choses inhibons de chasser aux grosses bestes.

XXIII.

Semblablement defendons, entre toutes les voleries, celle du faulcon.

XXIIII.

Ne derogeons cependant aux priuileges des gentils hommes, auxquels permettons de fureter aux connils, dans les garennes, et aux gens de condition roturiere dans les clapiers : et toutes fois n'empeschons aux nobles de chasser quelquefois aux clapiers, ny aux roturiers de chasser aux garennes, selon que les occasions se presenteront.

XXV.

Iaçoit ce que par cy deuant, pour les inconueniens et scandales qui sont suruenus, nous ayons defendu le port d'armes entre nos confreres, toutes fois voyans que la plus part d'iceux s'aneantissoyent, ce qui pourroit au long aller tomber, au grand detriment et dommage de nostre conuent, aduenant nouuelle guerre, sera à l'aduenir permis à chacun de porter pistolets, batons de feu, pour gibier: et afin qu'il n'y ait aucun mescontentement, et que les dames et damoyselles ne se pleignent comme si par nous estoit octroyé plus de prerogatiue aux hommes qu'aux femmes, voulons qu'elles en portent le rouet.

XXVI.

S'il se trouue quelque abbattie, nous l'adiugeons en forme d'espauc à celuy qui en sera le premier occupant, sans qu'il soit tenu de le releuer ou communiquer aux gruyer et capitaine de nos forets.

XXVII.

Parce que nous voyons les fores de nostre conuent se depeupler de iour à autre, par les degradations et mauuais mesnages de plusieurs nos predecesseurs, ce qui est venu en tel exces, qu'il y a danger que les bois ne nous defaillent par cy apres : d'ailleurs la plus grande partye de nos terres a este employée en vignes, qui tourne au grand interest de tout le public : nous, pour tenir le moyen à l'vn et l'autre point, defendons de coupper plus boys de haulte futaye iusques à ce qu'autrement en ayt esté par nous et nostre conseil ordonné : et au surplus, à l'imitation de quelques anciens empereurs, voulons que la troisieme partie du vignoble soit arrachée et reduite en terre labourable, et, pendant cette surseance de coupper, les gentilz hommes et damoyselles se chaufferont de serment, et les paures de paille ardant.

XXVIII.

Tous arbres esquelz croissent noix ou noysettes seront arrachez. Aussi ne seront semez en noz iardins souciz ny pensées.

XXIX.

Quant aux ieuz et autres recreations d'esprit : nous permettons toutes sortes de ieuz honnestes, entre lesquelz recommandons par especialle trou madame, le ieu du billart ; tous ieuz de dame souz le tablier ausquelz, gardantz les seueritez, il sera ioué a tous ieus mesmes à dame touchée, dame iouée ne sera iouée à la renette, sinon à qui faict l'vn faict l'autre. Approuuons semblablement le ieu du fourby et de cu-bas, aux cartes, excepté que des cartes françoyses nous ostons les picques, trefles et carreaux, retenantz seulement les cœurs, et des cartes d'Italie, les espées, bastons et deniers, retenantz seulement les couppes, et sera doresnauant le ieu de cartes composé de cœurs, couppes, laz d'amours, et fleurs. Louons aussi grandement le ieu de paulme auquel, iouant à fleur de corde, sçaura donner bas et roide dedans la belouse, toutz lesquels ieux nous ne reietons, et autres de mesme marque, moyennant que le tout se face sans opinion d'auarice ou argent. Pour laquelle cause, entre tous les ieuz, deffendons notamment le ieu de la pille.

XXX.

Receuons, entre gentilz hommes et gentilz femmes, les esbats qui leur sont destinez d'ordinaire, ieuz de luitte, courre la bague, faire des combats plaisantz, à la charge que, s'il se trouue gentil homme qui refuse, ou d'entrer en la lice, ou de mettre la lance en l'arrest quant l'occasion se presentera, le declarons indigne de porter les armes, et le degradons du titre et qualité de noblesse auecques sa posterité.

XXXI.

Et pour le regard des luittes, parce que les femmes sont ordinairement plus foibles et qu'il leur est de besoing d'estourner la force de leurs combataútz par leurs subtilitez et engins : permettons seulement aux femmes de bailler le sault de Breton. Pourront neantmoins, les hommes, leur donner roidement le croq en iambe, selon que les necessitez leur apprendront.

XXXII.

Authorizons, entre les dances, tous branles, et par special les branles gay et branle double, branle de la touche : et combien que ce soit chose de dangereuse consequence, de permettre aux particuliers en une republique d'innouer aucune chose, toutes fois nous pour aucunes bonnes causes et considerations à ce nous mouuans : permettons à vn chascun et chascune d'inuenter telles diuersitez de branles qu'il luy plaira. Aussi aduouns les basses dances et gaillardes : et surtout enioignons à ceux qui, pendant lesdits branles, ne pourront faire l'amour de la langue le facent de la main et des yeux.

XXXIII.

Pour ce qui est en nostre puissance eslongner les guerres de nous, lorsqu'il plaira à Dieu nous les enuoyer, voyre que le plus du temps elles nous sont suscitées par nostre propre et particulier instinct, n'y ayant celuy de nous lequel n'ayt naturellement quelque inclination à conquerre voyre appetons amasser ambitieusement affectionnez, d'autre part d'estre dits vaillans combatantz : voulons que ès assaux et batteries des villes il n'y ait aucun de nos soldatz qui y ait le bras engourdi, ains face ses approches hardiment, sans rien toutes fois alterer de la discipline militaire. Puis, quand la breche sera nette et raisonnable, y entrent gayment et, comme l'on dit, de cul et de teste, sans reboucher, comme s'exposantz à vn lict d'honneur. Et neantmoins, afin qu'ils soyent tousiours tenuz en haleine, ordonnons que, pendant qu'ils pousseront leur fortune dans la dicte breche, l'artillerie iourra tousiours vigoureusement, vistement et viuement iusques à ce que la ville soit totalement rendue. Auquel cas sera seulement sonné la retraite, et surtout inhibons à tous couartz de s'exposer à telz hazardz sur peine d'estre dictz nyaiz.

XXXIIII.

Et parce que il n'y a pas moindre peine et industrie à conseruer qu'à conquerir, voire que l'on ne doibt faire aucun estat d'vne conqueste qui n'employe puys apres son entendement et estude à la conseruation du conquis, voulons que, la ville estant prise, elle soit bien deument et diligemment enuitaillée.

XXXV.

Aussi quelle soit encourtinée de tous costez de fortes murailles, rempartz, scarpes et contrescarpes : et y aura ordinairement gens expres, lesquelz, pour euiter les eschauguettes et embuches de l'ennemy, feront sentinelle iour et nuict. Au demeurant, enioignons qu'il n'y ait si petite forteresse qui ne soit pour le moins flanquée de deux bastions, que les ingenieux appellent ordinairement couillons, qui se mireront l'vn l'autre, sur lesquelz sera l'artillerie bracquée, preste à iouer si le temps et la necessité le requierent. Toutefois ne voulons plus qu'es forteresses on y face de faulses brayes : et, si le soldat a besoing de confort, le pourra aller chercher chez ses voisins.

XXXVI.

Deffendons à tous marchans de n'apporter du poyure en nostre conuent.

XXXVII.

Exterminons d'iceluy tous saffranniers, ensemble tous vendeurs de quinquaillerie.

XXXVIII.

Sur les remontrances qui nous ont esté faictes par les damoiselles et bourgeoises, au moyen de quelques drogueries que les marchantz vont querir es pays loingtains, et huilles non aucunement necessaires, espuisantz par ce moyen noz païs et contrées d'or et d'argent, combien que nous ayons les huilles à noz portes : deffendons à tous marchantz d'aller achepter huilles ailleurs qu'en nostre bonne ville de Reins.

XXXIX.

Toutes choses qui sont indifferentes, comme habitz et vestementz, ne seront subiectz à correction et mesdisance, sinon par la bouche des sots, reserué que ceux ou celles qui en introduiront les premieres coustumes pourront passer par le bureau et contrerolle des accouchées, suyuant le priuilege qui leur est de tout temps acquis.

XL.

Et neantmoins, sur les doleances qui nous ont esté faites par les dictes damoiselles sur les gros haulx de chausses, disantz qu'ils auoient esté expressement inuentez pour empescher leur deduict et contentement, ioinct que telz habillementz ne seruent que d'ypocrisie et de masque, representans par l'exterieur chose grosse et grande, combien que le plus du temps il n'y ait rien ou bien peu dedans : et au contraire se plaignent les gentils-hommes des vasquines vertugales et grans deuans, que portent auiourd'huy les femmes, remettons ceste matiere à nostre conseil estroit pour en estre plus meurement deliberé auec nos gens d'amour.

XLI.

Entre les viandes nous defendons, ainsi qu'en plusieurs autres païs, le porc, et en outre voulons que l'on s'abstienne du veau, oyson, becasse: et des herons defendons principalement la cuisse.

XLII.

Afin que chacun apprenne de demourer en ceruelle et sache rendre raison de son faict, toutes bestes qui se trouueront en dommage seront rigoureusement chastiées, à la charge que, si elles sont surprises sur le faict, les dictes choses seront tenues pour non aduenues.

XLIII.

Et surtout defendons de fascher aux champs les bestes cornues qui se trouueront ombrageuses.

XLIIII.

Tout ainsi que nous bannissons de nostre conuent les medecins reubarbatifs, ne voulans que l'on en face vn estat particulier, et expres : aussi au contraire nous ne reiettons pas les medecins, entre lesquels nous approuuons grandement les simples.

XLV.

N'empeschons que selon les occurrences des maladies de deux simples, l'on ne puisse faire vne mixtion et composition bonne et saine, moyennant qu'en toute composition, l'on y mette tousiours six ou sept doibts de cassé, en corne et tuyau.

XLVI.

Nous approuuons les suppositions, ostons toutes fois toutes seignées, sinon celles qui se feront de la veine d'entre les deux gros arteils.

XLVII.

Seront et sont des à present tous vieux escuz,

ensemble les grands vieux doubles ducats descriez, et auront seullement cours entre nous les desirez, saluts et iocondalles, nobles et marionnettes.

XLVIII.

Pour oster toute occasion de rongner les pieces, ne vaudront chacunes pieces que leur poix. Toutes fois si aucun, par vne negligence supine et prepostere, est si temeraire d'en prendre sans les pezer, ils ne s'en pourront prendre à iustice.

XLIX.

Voyans la pluspart de nos confreres, par vne malediction speciale, tenir conte par dessus tous autres peuples de diamans, rubis, emeraudes, et autres sortes de baguenaudes que la populasse appelle par vn abus de langage pierres precieuses, comme si ce fussent reliques, en quoy mesmement nos dits confreres se desbordent de telle façon, qu'ils estiment es dictes pierres resider des effets miraculeux et quelles ayent puissance de faire tomber, tant sur le deuant qu'en arriere, les personnes qui s'estiment les plus fortes et aduisees : Nous pour deraciner tels abus qui equipollent a une vraye idolatrie et cognoissans que telles pierres ne vallent que ce que l'œil les estime, afin que d'icy en auant on ne se hazarde si hardiment à en achepter, permettons a vn chacun de vendre indifferemment doublets et happelourdes, avec lesdits rubis et diamants, et ordonnons, que si aucun par fortune se charge d'une happelourde, il ne s'en pourra prendre qu'à soy mesme.

L.

Sur austres pleintes et remonstrances qui sont venues par devers nous, de la part des dames et damoyselles, exposans qu'il y auoit auiourd'huy une infinité de changeurs, qui debitoyent pieces legeres et de bas aloy, lesquels toutesfois par une insolence tres grande ne vouloyent permettre aux vefues et femmes mariees, pendant l'absence de leurs maris en recevoir de bonnes, et de bon aloy chose contreuenante a tout droict, parce que tant les femmes mariees que vefues doyvent iouyr du priuilege de leurs maris : Nous en attendant autre disposition plus expresse de nous et de nostre conseil, et iusques à ce que autrement y ayons pourueu cognoissans l'vtilité qui prouient du change, qui est nommement introduite pour l'entretenement du commun trafique et commerce, sans lequel prendroit bientost fin ceste humaine societé : Permettons à vn chacun de exercer l'estat de changeur, outre celuy auquel il est particulierement appelé. Voulons neantmoins pour oster la confusion des estats, que chacun vacque à son mestier particulier ès lieux et boutiques publiques : et quant à celuy de changeur, en interdisons l'exercice, fors et cabinets garderobbes, chambres et salles domestiques et priuees : et anssi a la charge que ceux ou celles qui se voudront mesler de ce mestier, seront si dextres et bien aprins, que les autres ausquels ils debiteront leurs pieces, les estiment non legieres, ains bonnes et loyalles, autrement leur en defendons le mestier comme à personnes inhabiles et insuffisantes à exercer iceluy. Si donnons en mandement aux gens tenans nostre court de parlement de la basse marche, maistres des requestes ordinaires de nostre hostel, vicomtes, vidames, viguiers, vibaillifs, visenechaux et à chacun deux en droict soy, et si comme à eux appartiendra, que nos presentes ordonnances, ils entretiennent, gardent et obseruent, et facent inuiolablement obseruer, lire, publier et enregistrer, sans venir directement ou indirectement, au contraire, sur peine de grandes amandes et punitions corporelles en contre les infracteurs d'icelles : car tel est nostre plaisir. Donné a nostre chasteau de plaisance, pres beauté au mois de may mil cinq cens soixante-quatre et de nostre gouvernement le trentième. Ainsi signé,

GENIVS.

Et au dessous, par le vicaire, et lieutenant general d'Amour estant en son conseil estroict,

CLOPINET.

Et scellé du grand scel de cire verde auec vn las d'Amour.

—

Leues, publiees et enregistrees, ce requerant les gens d'Amour, au Parlement de la basse marche auec les modifications contenues au registre de ladicte cour, qui sont telles que quand au cinquiesme article qui veut que les beneficiez qui se trouueront par maladie, ancienneté ou autrement, ne pouuoir vacquer au deu de leurs charges, prendront coadiuteurs et vicaires, la cour en déclarant ledict article, ordonne qu'ils ne seront tenus d'en prendre, mais s'ils s'en presentent aucuns pour estre coadiuteurs qui soyent agréables a ceux ou à celles qui y auront interest, en ce cas et non autrement, ils pourront desseruir comme vicaires, auec lesdicts beneficiers. Et quand au dixième article qui oste les contredicts et reproches, entre le mary et la femme demeurera cest article en surceance, iusques à ce que l'on ayt faict plus ample resmonstrance audict seigneur. Au regard du vingtneufieme, qui veut que l'on ioue a dame touchée dame iouee, naura ledict article lieu, sinon que du commencement, il eust esté ainsi accorde entre ceux et celles qui ioueront : et quand a tous les autres articles, celuy qui vsera le moins de ces presentes ordonnances, sera estimé le plus sage et trompera son compagnon.

Fait en la ville de Congnac aux grands arrests, prononcez en robbe rouge, la veille de la solennité des Roys, l'an mil cinq cens soixante quatre. Signé,

POVSSE MOTTE.

www.ingramcontent.com/pod-product-compliance
Ingram Content Group UK Ltd.
Pitfield, Milton Keynes, MK11 3LW, UK
UKHW020952220726
13924UKWH00002B/636

9 782019 954253